AF290697

Unendliche Weiten

Theaterstück in einem Akt

Vlad Stanomir

Bukarest

16. November 1980

Deutsch von Gudrun Nicolae und Gheorghe Stanomir

27.07.2017

Die Deutsche Nationalbibliothek verzeichnet diese Publikation in der Deutschen Nationalbibliographie; detaillierte bibliografische Daten sind im Internet über http://www.dnb.de abrufbar.

© Copyright: Verlag Menschin

Alle Rechte vorbehalten.

© der deutschen Ausgabe: Verlag Menschin,
D-68199 Mannheim, Januar 2020
Cover und Satz: Obada Al Syah, Mannheim; Barbara Metzler, Langenargen

Erste Auflage

www.menschin.com

ISBN 978-3-944126-31-9

Die Personen

KALLIOPE
Putzfrau

Eine alte Frau, in einem alten, verschlissenen Arbeitskittel, hat Sportschuhe an. Spricht langsam und bedächtig. Schüttelt bei jedem Wort ihren Kopf, sie scheint von finsteren Gedanken und Vorahnungen bedrückt zu sein.

GREGOR
Wachmann

Ein alter Mann mit ergrautem Haar, philosophische Ausstrahlung. Braune Uniform. Militärschuhe, eine Pistole am Riemen.

GIGI
Dramatiker

Jung, etwa 25, heitere Erscheinung, sorglos, entspannt – zu Beginn. Im Laufe der Handlung immer besorgter. Alltagskleidung, Kordhose und Pullover.

INSPEKTOR

großer, dicker, bärtiger Falstaff-Typ, macht einen leicht senilen Eindruck, versöhnlich, von seinem Amt gezeichnet. Bewegt sich langsam, stöhnt bei jeder Bewegung und beklagt seine Müdigkeit. Mittelalterlich bekleidet: Harnisch, Waffen. Das Anziehen der Rüstung dauert lange.

DURANGO
Schildknappe des Inspektors

Hochgewachsener, linkischer junger Mann; etwas dümmlich, wichtigtuerisch.

DIE MÄDCHEN   die POESIE, die MUSIK, die PROSA, die
MALEREI, das DRAMA, die KOMÖDIE, die
TRAGÖDIE, die KANTATE, der TANZ usw.
Frauen über 40, geschminkt, auffallend fri-
siert, Kabarettkleidung mit Federn, Schnick-
schnack, Stöckelschuhen, schwarzen Netz-
strümpfen, schwarzem Korsett, Negligé. Alle
sehen gelangweilt und müde aus.

AMTSTRÄGER   drei Personen
Schwarze Soutane, roter Gürtel. Der AMT-
MANN wird zwei Gurte tragen, sowie zwei
Rangstreifen. Bevorzugt kleinwüchsige, dicke
und kräftige Männer.

DIE BESUCHER   Eine gemischt zusammengewürfelte Gruppe.

DIE THEATER-   Die jungen Männer: Dan, Ioan, Titi, Victor.
SCHAUSPIELER   Die jungen Frauen: Anna, Maria, Gina, Nina.
Alle in Arbeiterkluft, mit Kopfschutzhelm.

DER BOCK   Man sieht nur eines seiner Hörner, das quer
über der Bühne liegt, und ein Huf, der sich im
Dienstzimmer des Inspektors befindet.

REGIEANWEISUNG

Mit Ausnahme der Besucher befinden sich alle Personen ständig auf der Bühne. Während der Zeit, in der sie nicht spielen, beschäftigen sie sich, als würden sie nicht umsonst dort sein. Die Mädchen rauchen und unterhalten sich, Kalliope putzt und die Amtsträger werden verschiedene Aufträge ausführen. An den Türen der Mädchen sind Schilder angebracht, auf denen sehr leserlich ihre Namen stehen.

DAS BÜHNENBILD

Im Hintergrund ist die Bühne in drei Ebenen geteilt. Die erste besteht aus einer Reihe von Türen zu nebeneinander befindlichen kleinen Zimmern. Sie sehen aber nicht wie Zellen aus, sondern vermitteln den Eindruck von Luxus und Reichtum, die Holzverkleidung ist teuer verziert, teure Klinken, Samtvorhänge, Polster vor jeder Tür.

Die erste Etage ist dreigeteilt. Das mittlere Zimmer ist groß mit einem roten Vorhang. Rechts die Stube des Wachmanns und der Putzfrau: ein ärmlich ausgestatteter Raum mit einem Schreibtisch und einen Hängeschrank für Schlüssel. An der Wand sind Besen und Wascheimer. Der Wachmann und die Putzfrau halten sich die meiste Zeit hier auf, sie kochen Tee und reden miteinander. Links befindet sich das Zimmer der Amtsträger, ein karg ausgestatteter Raum. Der Amtmann wird am Schreibtisch sitzen, die anderen sind militärisch aufgestellt.

Die zweite Ebene ist zweigeteilt. Auf der linken Seite ist die Kammer von GIGI, dem dramatischen Autor. Typische Ausstattung für einen jungen Bohemien: bunte Plakate an den Wänden, Gitarre, improvisierte Möbel, ein Bett, Tisch und Stuhl, leere Flaschen, Unordnung, eine Schreibmaschine. Der Rest der Etage ist eine Art mittelalterlicher Waffensaal. Architekturelemente suggerieren Säulen und Arkaden. An den Wänden hängen Waffen. Das Mobiliar: Der Inspektor wird auf einem alten Kanapee schlafen, über dem ein weißer Überwurf hängt mit der Aufschrift in Großbuchstaben: INSPEKTOR. Nebenan ein Stuhl und ein Tisch mit Tinte und Schreibfeder.

Gregor, der Türwächter, hält an seinem Schreibtisch ein Nickerchen. Gigi, der dramatische Autor, läuft in seinem Zimmer herum. Es ist halbdunkel und still. Plötzlich hört man das Läuten eines Weckers (der Ton wird durch Lautsprecher verstärkt wiedergegeben). Die Bühne wird hell beleuchtet. Gregor wacht auf und richtet seine Uniform. Der Soundtrack gibt Lauferei in einem Zimmer wieder, bewegte Stühle, dann das Fließen von Wasser aus einem Wasserhahn, Kleiderrascheln von Menschen in Bewegung, das Geklapper einer Schreibmaschine, welches während des Stückes ständig wiederholt wird. Es treten auf Kalliope, die Putzfrau, dann die Amtsträger.

KALLIOPE: Alles ist gut.

GREGOR: Alles ist wunderbar.

AMTMANN: Alles ist umwerfend!

KALLIOPE tritt in das Zimmer des Wachmanns und zieht ihren Arbeitskittel an. Der Amtmann setzt sich an seinen Schreibtisch. Die Amtsträger stellen sich in Position in Reihe neben ihm auf.

Einer der Amtsträger nimmt einen Lautsprecher, geht auf die Bühne herab und spricht das Publikum an.

AMTSTRÄGER: Bürger! Passanten! Liebe Leute! Bitte tretet alle herein! Seht da! Schaut unsere Mädchen, Jungfrauen! Ihr wisst alle was sie uns bedeuten, sie sind unser Lebenssinn, unsere geistige Nahrung. Sie halten uns zusammen in der sozialen Ordnung der Zivilisation! Wenn unsere Zeit vorbei sein wird, werden sie das einzige Zeugnis für unsere spirituelle Existenz sein. Gutes Leben und Wohlstand sind nebensächlich, unsere Jungfrauen sind unser wahrer Reichtum. Kommt also mit offenen Herzen und ergreift sie mit eurer Liebe, wie etwas Besonderes und Wertvolles, äußerst Seltenes, etwas ohnegleichen. Ohne sie, unsere Jungfrauen, wären wir nichts als ein Haufen Verirrter, die ohne jeden Sinn durch das Leben streifen. Wir sollten sie wie unsere Sonne, unsere Seele anschauen, in Demut und Anbetung.

ALLE ZUSAMMEN: So ist es!

AMTSTRÄGER: Das Wertvollste an ihnen ist ihre Ehre, das ist bekannt. Seit aller Zeit, seit es Völker und Nationen gegeben hat, wurde die Reinheit der Jungfrauen von allen Generationen wie eine Standarte, ein wertvolles Gut gehalten. Ihre seelische Reinheit, ihre unbefleckte Moral haben uns alle geleitet und waren Hilfe in den allerschwersten Augenblicken. Seelisch gereinigt, wie durch ein untrennbares Band geeint, haben die Menschen alle Schicksalsschläge mit erhobenem Haupt überwunden. So viele Helden und Märtyrer der Geschichte haben sie in ihren Herzen getragen!

ALLE ZUSAMMEN: So ist es!

AMTSTRÄGER: Jetzt, da Böswilligkeit überall keimt und der Seelenverkauf mehr denn je Mode ist, sind sie, die Jungfrauen, reiner denn je, die einen Hoffnungsschimmer in die Welt bringen, ein Beispiel für Hingabe und Aufopferung für die hohen Ziele, für die Ideale der Menschheit. Seht, deswegen verehren wir sie immer, immer und immer...

Alle klatschen. Der Amtsträger macht ein Zeichen, die Türen der Zimmerchen öffnen sich und die Damen treten auf die Bühne, nähern sich dem Publikum und verbeugen sich. Sie klatschen auch.

AMTMANN: ...Hm, da wäre noch was. Es heißt, dass einige... Schwachköpfe – oder wie kann man sie sonst nennen – ihr Gehör allerlei Gerüchten öffnen. Märchen! Was für eine Inspektion? Wieso eine Revision? Was soll denn nur der Blödsinn? Woher habt ihr so etwas? Vor allem, der Aberglaube ist ein Irrsinn und wenn Irrsinn da ist, muss er sofort getilgt werden, kurz und bündig, also so schnell wie möglich. Ist das klar? Und dann, dieses Gerede ist mehrdeutig. Wer ein ehrlicher und gerechter und klar denkender Mensch ist, also, knapp gesagt, wer verstanden hat, wie die Sache steht, also der soll von solchen Dingen lassen! Hei, ihr da, habt ihr mich verstanden?

AMTSTRÄGER: Ich erkläre den Besuchstag für eröffnet. Kommt, kommt alle!...

Zum Amtmann.

Chef, noch keiner da.

AMTMANN: Lass nur, sie werden schon kommen. Noch ist es zu früh. Später werden sie schon kommen.

Die Mädchen verteilen sich im Salon, zünden Zigaretten an, setzen sich in die Sessel und unterhalten sich. Kalliope macht Kaffee und bringt jedem ein Tässchen, zuerst hinter den roten Vorhang, dann dem Amtmann. Dann geht sie nach oben, zum Inspektor, stellt den Kaffee auf ein Tischchen vor dem Kanapee. Einen letzten bringt sie Gigi.

POESIE: Wie langweilig…

KANTATE: Was für ein Blödsinn! Man weckt uns frühmorgens, und warum, wofür? Wenn die uns wenigsten schlafen lassen würden…

AMTSTRÄGER: *(Kaum hörbar):* Halt's Maul!

DURANGO: Herr Inspektor! Herr Inspektor! Es hat sieben Uhr geschlagen! Wir müssen mit der Arbeit anfangen, Herr Inspektor! Unrecht breitet sich aus! Wir müssen untersuchen, wir müssen inspizieren!

Hinter dem Vorhang hört man den Inspektor husten und sich räuspern.

INSPEKTOR: Durango, mein Freundchen, wozu denn diese Eile? Wir müssen uns nicht beeilen, mein Lieber, wir haben Zeit, wir haben alle Zeit der Welt.

DURANGO: Herr Inspektor! Das Unrecht…

INSPEKTOR: Zum Henker mit dem Unrecht! Denkst du etwa, es läuft uns weg? Wir finden es immer und überall, am Mittag, gegen Abend, sogar morgens früh. Wir haben alle Zeit, zu untersuchen und zu inspizieren. Ich bin ein alter Mann, Durango, mein Herzchen, warum quälst du mich?

GREGOR: Du, Kalliope, hast du gehört, der Chef hat angedeutet…

KALLIOPE: Habe gehört.

GREGOR: Ist was dahinter?

KALLIOPE: Mag sein.

GREGOR: Aber was genau weißt du?

KALLIOPE: Dasselbe, was du auch weißt. Dasselbe was alle wissen.

GREGOR: Du, Kalliope, sag mal, du…

Die Klingel läutet wie bei einer Feuerwehrübung und eine rote Lampe leuchtet rhythmisch. Gregor geht hinunter in den Salon und schaut zum roten Samtvorhang. Der Amtmann steht hastig auf, glättet seine Uniform und geht hinter den Vorhang, kommt jedoch sofort zurück.

AMTMANN: Die Poesie…

DIE MÄDCHEN: Hoppala! Ha, ha!

DIE POESIE: Wieder ich? Wieso? Warum…

Gregor packt sie am Oberarm.

GREGOR: Komm, Liebling, Mädchen, lass das Maulen und geh!!! *Begleitet sie zum roten Vorhang.*

DIE MÄDCHEN: Viel Erfolg, hab viel Spaß!

DIE POESIE: Zum Teufel mit euch! Siehst du, Onkel Gregor, wie böse sie sind?

GREGOR: Komm, Mädchen, lass uns gehen.

GIGI: Wo bin ich hingeraten? So was ist mir noch nie passiert. Die ganze Nacht habe ich mich im Bett gewälzt und bin nicht zur Ruhe gekommen. Was mag das sein? Soll es auch mich erwischt haben? Ich hatte bei Gott geschworen, nie und nimmer zu leiden. Ich soll spielen und singen und lachen. Und das werde ich auch: Ha, ha, ha, ha! Doch irgendwie ist es nicht mehr mein Lachen… Aber nein, ich werde nicht aufgeben! Die Dummen sollen weinen und jammern, ich aber nicht! Wer leidet, hat schon verloren. Jetzt wird mit den Worten gekämpft, nicht mit der Keule, das Wort schlägt und verwundet. Meine Devise ist: das Lachen ist ein Schutzschild, stärker als jeder Stahl. Keine Böswilligkeit kann Heiterkeit zugrunde richten. Nun gut, aber warum bin ich nicht richtig heiter? Was ist geschehen? Ist heute Nacht etwas passiert? Habe ich etwas geträumt? Ja, geträumt habe ich. Doch was?… Ich habe sogar etwas sehr Schönes geträumt. Ah ja, ich erinnere mich, ein weites Feld, frisches Gras, es war warm, schön, ich lag und ruhte, mir war alles egal. Und dann…

Kalliope und Gregor sitzen in der Portierskabine vor einem Teekocher.

GREGOR: Hör mal, Kalliope, stimmt es, was der Amtsträger gesagt hat, dass die Mädchen dies und jenes bedeuten, dass es ohne sie… aaa…

KALLIOPE: So wird es wohl sein.

GREGOR: So, so. Aber dann… Aber sag, Mensch, KALLIOPE, was erzählte dir deine Mutter, als du noch klein warst?

KALLIOPE: Na ja, meine Mutter war eine Frau vom Lande, was soll sie auch gewusst haben? Geschichten, die Mütter erzählen immer Geschichten. So wie es mit den Mädchen ist, man muss sie belehren, sie ständig unter Aufsicht haben, sie anständig erziehen. Ich war ja damals gerade sechzehn.

GREGOR: Erzähl weiter.

KALLIOPE: Geschichten, Onkel Gregor. Meine arme Mutter fürchtete sich, dass ich unsittlich werde und hielt mir dauernd Geschichten und Beispiele vor, was passieren werde, wenn ich meine Unschuld verlöre. Dass aus Gottes Willen alle Jungfrauen unter der Obhut eines Inspektors sind, der gerade dafür eingesetzt ist, zu untersuchen, wie rein wir, die Mädchen, sind. Und, wenn er herausfindet, dass die Welt verdorben sei, hat er die Macht, unser aller Untergang zu beschließen. Er habe, sagt man, bei sich im Vorhof ein Untier stehen, einen Bock, groß wie ein Berg und wild wie ein feuriger Stier. Wenn der Inspektor es für richtig hält, wird er ihn loslassen und wo er gewütet hat, wird nichts mehr übrig bleiben, alles was einmal geatmet hat, wird zu Staub und Pulver.

GREGOR: Wirklich…?

KALLIOPE: Wir sind unbedeutende Menschen, Onkel Gregor. Wir kümmern uns besser um unsere Sachen.

Gelächter und Kichern hinter dem roten Vorhang. Die Poesie kommt hervor, etwas zerknittert, zieht sich an und geht hinunter in den Salon.

POESIE: Ich habe es ziemlich satt…

MALEREI: Sieh an, wenn's dir nicht gefällt, wieso verschwindest du nicht? Niemand hält dich hier fest.

POESIE: Wo, bitte schön, soll ich hin? Soll ich, wie eine Irre, über die Felder laufen? Soll ich barfuß laufen?

TANZ: Dann halt die Klappe! Den ganzen Tag lang hast du was zu meckern.

GIGI: Warum ist es wichtig, was ich geträumt habe? Der Kampf hat begonnen, die Taktik ist klar, oder? Also, nichts wie ran! *Zum Publikum.* Ihr entscheidet, wer zuerst gereizt ist, verliert einen Punkt. Ha! Haaaa! Wir werden mit einem Theaterstück beginnen.

GIGI nimmt einige leere Papierblätter mit und geht in den Salon hinunter.

GREGOR: Ein Besucher!

Der Amtmann nimmt eine Trillerpfeife wie für einen Schiedsrichter und pfeift. Die Mädchen stellen sich in einer Linie auf, jede vor ihrem Zimmerchen.

DIE MÄDCHEN: Aaaaaaa. *Stimmeinübung.*

AMTMANN: *(mit tragbarem Lautsprecher)* Bürger! Passanten! Liebe Leute! Hier bitte eintreten! Schaut her, unsere Institution…

GIGI: Verzeihung, bitte, ich…

AMTMANN: …lädt euch ein, unsere Mädchen zu sehen. Ihr alle wisst ja, was sie bedeuten…

GIGI: Halloooo! Hey!

AMTMANN: Was? Wie…

GIGI: Lass das! Ich komme hier in einer anderen Sache. Ich habe ein Theaterstück geschrieben. Verstehst du mich?

DRAMA: Schau an! Dieser Verrückte will mich beschäftigen.

KOMÖDIE: Wieso gerade für dich?

AMTSTRÄGER: Mädchen aufgepasst! Befehl: abtreten! Chef! Da ist einer mit einem Theaterstück.

AMTMANN: Stück, was für ein Stück?

AMTSTRÄGER, DRAMA, KOMÖDIE, TRAGÖDIE *(Alle zusammen)* Theaterstück!

AMTMANN: So sooo? Ein Theaterstück? Er soll hereinkommen!

Gigi steigt hinauf zum Zimmer des Amtmanns.

AMTMANN: So, du bist es?

GIGI: Alles ist wunderbar, alles ist ausgezeichnet, alles ist überwältigend! Ich bin es.

AMTMANN: Du hast ein Theaterstück geschrieben?

GIGI: Ich habe ein Theaterstück geschrieben.

Zum Publikum.

Nichts habe ich geschrieben, das Papier ist leer.

AMTMANN: Hast du einen inneren Ruf vernommen? Glaubst du, dass du eine Gabe dafür hast? Glaubst du, dass du talentiert bist?

GIGI: Ich habe ein Theaterstück geschrieben.

AMTMANN: Zerreiß es!

GIGI: Wie?

AMTMANN: Zerreiß es! Zerreiß es in kleinste Stücke und in den Müll damit! Hierher in den Papierkorb!

GIGI: Ooooh! Oh weeeeh! So viel Seeeele steckt darinnen! *Zum Publikum.*

Zur Zeit ist das Match 0 zu 0.

Er zerreißt das Manuskript und wirft es in den Papierkorb.

AMTMANN: Sehr gut. Ich sehe, du bist ein Junge, der kapiert. Weißt du, wie belastend, wie schwer die Aufgabe eines dramatischen Autors ist? Doch auch so edel. Willst du es wagen? Leicht ist es nicht, aber das Ziel ist überwältigend.

GIGI: Das Ziel ist überwältigend…

AMTMANN: Nun gut. Ich werde dir helfen. Zu allererst musst du alles vergessen, was du vorgehabt hast. Aber alles, verstehst du mich? So, und nun, da alles Alte weg ist, können wir mit der neuen Sache anfangen. Willst du Theaterstücke schreiben? Nun gut, du wirst sie schreiben. Zuerst die Personen. Die Personen sollen her. Die Persoooonen!

Ein Amtsträger öffnet einen Schrank, aus diesem treten die jungen Männer heraus: Dan, Ioan, Titi, Victor, und die jungen Frauen: Anna, Maria, Gina, Nina.

AMTMANN: Schau sie dir an, sie gehören dir. Mit ihnen kannst du dein Theaterstück aufbauen. Es ist ziemlich einfach, sie sind jung, sie sind energisch und voller Lebenskraft. Versuche kurz zu sein und das Thema direkt anzugehen. Ort der Handlung: eine Baustelle für die revolutionäre Jugend. Zeit der Handlung: Gegenwart. Gegenstand der Handlung: Arbeit und Liebe. Klar, oder? Sie sind junge Werktätige, was beschäftigt sie also? Ihre Arbeit, ihre Produktionsaufgaben; sie sind jung, also auch die Liebe. Nicht wahr? Versuch aber auch etwas aus dem Alltag einzubauen, die Jugend und ihre Probleme, verstehst du? Ich will von dir etwas Wirkliches, etwas aus dem täglichen Leben. Dein Weg ist offen, es wimmelt nur so von Dramatikern, aber keiner hat es geschafft. Du brauchst dich wegen der Konkurrenz nicht zu fürchten, mach etwas Gutes und ich bringe dich direkt nach oben. Also, verstanden? Arbeit und Liebe.

ALLE ZUSAMMEN: Arbeit und Liebe!

AMTMANN: Entweder du hast Talent, oder du hast keins!

ALLE ZUSAMMEN: So ist es!

AMTMANN: Du siehst unten die Mädchen, da sind auch das Drama, die Tragödie und die Komödie dabei. Es steht dir frei zu wählen. Zu viel Lachen kann leichtsinnig wirken, all zu viele Tränen will man auch nicht. Versuche ernsthaft zu sein, greife die wichtigen, essentiellen und tiefsinnigen Probleme auf. Entweder du hast Talent oder du hast keins!

ALLE ZUSAMMEN: So ist es!

GIGI: *Zum Publikum, grinsend.* Ich werd ihm schon zeigen, was ich kann! *Nimmt die Schauspieler zu sich ins Zimmer.*

Gregor und Kalliope trinken ihren Tee in der Pförtnerloge.

GREGOR: Hör mal, Kalliope, diese Erzählungen sind doch frei erfunden. Hier herrscht Ordnung, es gibt Gesetze und nichts passiert zufällig. Es ist doch offensichtlich. Wieso und woher eine Revision, eine Inspektion? Dieser so genannte Inspektor, kann gar nicht so viel Macht haben. Es läuft doch alles in festen Bahnen, niemand kann die Ordnung brechen. Warum also eine Inspektion? Du hast das zu tun, was dir gesagt wird. Es ist alles so, wie es dir gesagt wird. Deine Mutter, was erzählte deine Mutter? Also, was erzählte sie über den Inspektor?

KALLIOPE: Nun ja, meine Mutter… eine Frau vom Lande, viel wusste sie nicht, die Ärmste. Sie erzählte so, wie man damals erzählt hat, dass der Inspektor mit keinem Machthaber zu vergleichen ist. Er steht hoch über solchen Sachen und ihn kann nichts aufhalten. Er kommt gerade aus dem tiefsten Sinn der Dinge her - so wie es gute und schlechte Taten gibt, so ist er auch dafür bestimmt, sie zu untersuchen, zu inspizieren und zu urteilen. Er urteilt über alles was passiert, was war und sein wird. Er urteilt in einer ganz bestimmten Art und Weise, die wir Menschen nicht verstehen können. Anders gesagt, niemand kann den Inspektor aufhalten, auch Gott nicht. Das sagte meine Mutter, eine einfache Frau vom Lande. Die Tat wurde nicht allein erfunden, sondern sogleich auch die Beurteilung der Tat. Eine Frau vom Lande.

GREGOR: So. Und nachdem, was du weißt... wann wird es sein, dass...? Also, deine Mutter...

KALLIOPE: Na ja, entweder heute oder morgen oder kommende Tage... Wieso bist du ständig am Grübeln, Gregor? Wir sind einfache Leute. Gieß mir lieber eine Tasse Tee ein.

Einer der Amtsträger macht beim Amtmann Meldung.

AMTSTRÄGER: Aus alldem, was untersucht und nachgeforscht worden ist, sind Böcke zornige und gewalttätige Tiere und können leicht einen Menschen umwerfen. In der Geschichte symbolisiert der Bock die Macht des Zuschlagens und der Zerstörung, so während der mittelalterlichen Kriege. Die Tore der Burgen wurden mit Rammen angeschlagen, das Ramm-Ende hatte die Form der Bockhörner. Der Bock hat besonders kräftig entwickelte Hörner. Diese bestehen aus einem harten Knochenmaterial. Alle Bockarten haben eine mittlere Größe.

Ziegenböcke von einer außergewöhnlichen Größe sind nicht bekannt. Mittels Genmanipulation gibt es die theoretische Möglichkeit, ein gigantisches Exemplar zu erschaffen, doch gegenwärtig sind die praktischen Ergebnisse gleich null. Die Möglichkeit der Entstehung eines solchen Monsters auf natürliche Weise als Folge einer chromosomalen Abweichung wurden von allen befragten Spezialisten mit einer Wahrscheinlichkeit von eins zu achtzehn Milliarden Millionen verneint. Gleichzeitig ist die Hypothese eines vorzeitlichen Fossils ausgeschlossen. Und noch als letzten Punkt: Können feindliche Kräfte eine solch teuflische Maschine gebaut haben? Die befragten Strategen bezweifeln es, die modernen Waffen sind wesentlich einfacher und effizienter.

KALLIOPE: Hör mal, Gregor, was heißt eigentlich eins zu… Milliarden Millionen?

GREGOR: Na ja… etwas mit Mathematik. Also… dass…

AMTSTRÄGER: Also, wenn es auf der Welt so und soviel Böcke geben würde, dann könnte einer davon derjenige sein.

KALLIOPE: Und wie viele Böcke gibt es auf der Erde?

AMTSTRÄGER: Es gibt schon viele. Aber keineswegs so viele.

DURANGO: Herr Inspektor! Herr Inspektor! Wir dürfen unseren Auftrag nicht vergessen. Wir sollten uns beeilen, denn die Gesetzlosigkeit versteckt sich und droht uns zu entgleiten.

Der Inspektor bewegt den Vorhang und erhebt sich vom Kanapee. Er hat lange Unterhosen an und ein Unterhemd mit Ärmeln, auf dem Kopf eine Schlafmütze.

INSPEKTOR: Ah, Durango, mein Lieber, du bist ein Quälgeist. Hast kein Mitleid mit einem alten Mann. Habe ich nicht schon genug Aufregung gehabt? Seit Jahrhunderten ist mir kein bisschen Ruhe vergönnt. Wo soll sich die Gesetzlosigkeit denn verstecken? Soll ich sie suchen, soll ich hinter ihr herrennen? Wieso das, sie ist doch da, es genügt, die Hand auszustrecken.

DURANGO: Dann müssen wir das Gesetz anwenden!

INSPEKTOR: Keine Eile, Durango, mein Freundchen, wir sollten nicht alles durcheinanderbringen. Damals, als mich der Herr zu sich gerufen hat – es müssen einige hundert Jahre vergangen sein, hat er zu mir gesagt: Die Gesetze, nach denen ich die Welt geschaffen habe, sind noch verwickelter als die Wesensart des Menschen, meiner Schöpfung. Ich habe Gutes und Böses zusammengetan, weil es anders nicht möglich war und habe diese Mischung wirken lassen. Nun ist aber die Zeit gekommen, das Ergebnis zu untersuchen. Ich höre von unerhörten Grausamkeiten, aber auch von der unvergleichbaren Erhebung der Seele. Du sollst gehen und nachschauen, was daran wahr ist. Wenn du es für angebracht hältst, zerstöre das Spielzeug, zögere kein bisschen, du musst überzeugt sein, dass es keine Hoffnung mehr gibt! Du sollst richten und jedes Ding einzeln abwägen, siehe, hiermit ernenne ich dich zum Inspektor größten Ranges! Deine Macht ist unbegrenzt, niemand kann sich dir in den Weg stellen, niemand kann dich aufhalten oder zur Seite schieben, sogar ich nicht. Dann sprach ich ihn an: Mein Herr, Allmächtiger, woher soll ich das Wissen und die Weisheit haben, wie soll ich die Hoffnung auf eine Zukunft erkennen? Ich bin doch nur ein Mensch, ein Mensch wie alle anderen Menschen, über die ich richten soll. Eben, hat mir der Herr geantwortet, ich will, dass ein Mensch richtet und abwägt, ein Mensch, der sich auskennt. Abermals habe ich versucht, ihn gnädig zu stimmen, mit folgenden Worten: Herr, du weißt, dass das schärfste Gift schon in den unschuldigen Augen eines Neugeborenen schimmert, dass die Barbarei und das allerhöchste Ehrgefühl nach deinem Willen vereint sind, dass der Tyrann verurteilt und quält, doch ein Dichter dich zu Tränen rühren kann. Du zwingst mich, über meine eigene Menschengattung zu urteilen. Senke Deinen Blick zu mir herab, mein Herr, ich bin ein alter Mann, ich müsste mich zur Ruhe setzen. Warum legst du so eine schwere Aufgabe auf meine Schultern? Bin ich der Richtige dafür? Ich bin kraftlos und mein Verstand ist mit der Zeit langsamer geworden. Doch der Herr zeigte mit seinem Finger auf mich und sprach: Ich habe so entschieden und so wird es sein! Wenn die Zeit kommt, wirst du dich ausruhen können. Und sieh da, die Zeit ist vergangen, der Herr hat keine Zeit mehr für mich gehabt. Die Zeiten haben sich geändert, die Menschen glauben nicht mehr an ihn und ich wurde seit so vielen Jahrhunderten mit dieser Aufgabe alleine gelassen. Gerne würde ich diesen Dienst aufgeben, doch ich muss dem Befehl folgen. Die Macht, die mir gegeben worden ist, versetzt mich in Schrecken. Du, Durango, mein Freundchen, würdest gerne das Gesetz umsetzen. Sehr oft wollte ich es auch, angeekelt von Willkür und Elend, doch andere Male habe ich solche Gedanken bitter bereut. So sieh doch ein, Durango, mein Freundchen, wir sollen uns nicht beeilen und etwas falsch machen. Und jetzt, da der Tag anbricht, will ich zuerst einen Kaffee trinken.

Nach dem bekannten Zeichen läuft der Amtmann hinter den roten Vorhang und die Malerei wird aufgerufen.

GIGI: Ich bin traurig, als ob ich etwas tun würde, was sich nicht gehört. Warum kann ich nicht unbeschwert spielen, wie ich es wollte? Bin ich unruhig? Nun ja, ich bin's. Doch werde ich weitermachen, die Zähne zusammenbeißen, aber weitermachen!

Zu den Schauspielern.

Hei, kommt mal alle herunter, alle zusammen!

Gigi kommt herunter mit den Schauspielern. Alle bewegen sich hektisch, die Sessel und Teppiche werden zur Seite geschoben. Auf der Bühne wird ein einfach gemachtes Bühnenbild, wie ein gemalter Vorhang, heruntergelassen, man sieht eine Baustelle mit Maschinen, Fahrzeugen, Kränen, Planierraupen, Lastkraftwagen. Die Mädchen und die Amtsträger, Kalliope und Gregor sitzen seitwärts oder sogar im Saal beim Publikum. Der Inspektor und Durango legen sich vorne hin, auf den Bauch, um alles sehen zu können.

AMTMANN: Nun, lasst uns das Werk unseres Dramatikers sehen.

ALLE ZUSAMMEN: Mal sehen!

GIGI: Ich bitte um Ruhe! Das Stück möge beginnen!

Peter und Gina treten nach vorne auf der Bühne. Beide haben blaue Arbeiterkluft an. Die anderen sitzen auf dem Boden vor dem gemalten Vorhang.

NINA: Was für ein wunderbarer Tag! Was für ein großartiger Tag! Endlich habe ich es geschafft, von der Büroarbeit weg zu kommen, von der Trostlosigkeit dort! Ich werde Eisenbetonarbeiterin! Wie wunderbar! Wie großartig! Ich bin doch nicht her auf die Baustelle gekommen, um in Papierbergen zu kramen. Ich will dabei sein, wo es am Schwierigsten ist, ich möchte fühlen, dass ich lebe, ich möchte den Puls des Lebens fühlen. Ich bin jung, achtzehn Jahre alt, für mich gibt es nur Arbeit und Liebe. Liebe… ah, wenn ich denke, von einem Jungen unserer Zeit verführt zu werden… Die Arbeit und die frische Gebirgsluft machen die Männer stark, ich kann es kaum erwarten, mich zu entfesseln! Was heißt hier warten? Wieso Romanzen? Ich erkenne ihren Instinkt aus ihren Blicken, die Jungs können es kaum erwarten, mich flach zu legen. Ich wünsche mir, von einem Kranfahrer genommen zu werden, ein Kranfahrer mit Maschinenöl verschmierten Händen. Ich möchte die unbändige Kraft der Maschine fühlen, die Großartigkeit ihrer Arbeit und das Feuer der Jugend!

IOAN: Wieder ist ein Arbeitstag vergangen. Habe ich ihm genügt? Die anderen ruhen sich aus, doch ich muss alles noch mal überprüfen. Ist meine Planierraupe auch in einem perfekten Zustand? Ich möchte nicht der Grund für eine technische Arbeitsunterbrechung sein! Welch Schande das wäre! Dann könnte ich den jungen Frauen auf der Baustelle nicht mehr näher kommen. Sie würden mich sicherlich verachten. Keine junge Frau nimmt dich mit ins Bett, wenn du nicht tüchtig bist. Oh, sieh, die Nacht naht, ich werde eine der jungen Frauen unserer Baustelle umarmen. Wir werden uns vereinen nach den Gesetzen der Natur. Was für eine Genugtuung, deine Arbeitsnorm erfüllt zu haben. Die Natur hat sowohl die Arbeit als auch die beiden Geschlechter geschaffen.

NINA: Und am Schädlichsten ist die falsche Moral, die Forderung zur Enthaltsamkeit, verborgen unter unzähligen Ratschlägen: sei vernünftig, halte vorsichtig nach einem Partner Ausschau, und wenn alles nicht stimmt, warte noch etwas. Welch Unsinn! Keinen einzigen Tag werde ich warten! Wir sind sexuelle Wesen und müssen uns dementsprechend verhalten. Die Anziehungskraft zwischen den Geschlechtern ist offensichtlich. Wie willst du leben, wenn das Blut in den Adern kocht? Aber es geht ja nicht nur ums Leben, sondern um die Arbeit geht es. Wie kann man gut und erfolgreich arbeiten mit Planziffern und Engagement im Kopf, wenn deine Hand zittert? Wenn ein liebestoller Maurer vom Gerüst fällt, ist es dann nicht meine Schuld, dass ich nicht rechtzeitig mit ihm geschlafen habe? Die Enthaltsamkeit ist absurd, sie führt zu Lustlosigkeit, zu krankhaften Gedanken, zu Depression. Braucht man so etwas? Ganz im Gegenteil, Sex ist gesund, ist angenehm, ist willkommen, macht tüchtig, lebenshungrig und arbeitslustig. Denn hier geht es um die Arbeit! Und es ist äußerst angenehm!

IOAN: In der Tat, so ist es!

NINA: Hei! Wer bist du denn? Was hast du hier zu suchen?

IOAN: Ich bin ein junger Mensch unserer Zeit, wie du, ein Mitarbeiter dieser Baustelle. Zufällig habe ich dir zugehört, und ich versichere dir, dass du recht hast.

NINA: Ach so…

IOAN: Nun pass auf. Keine lange Reden, am besten machen wir es so: Jetzt ist es sieben, uns bleibt eine halbe Stunde, uns zu lieben. Dann können wir zum Abendbrot und nachher pünktlich die Arbeitsproduktionssitzung erreichen. Wir müssen uns also beeilen.

NINA: Beeilen, beeilen, doch bitte nicht so. Vorerst musst du mir sagen, ob du nicht etwa im Büro arbeitest.

IOAN: Keine Rede. Ich bin doch nicht zur Baustelle gekommen, um mich mit Papierkram zu beschäftigen. Ich bin Planierraupenfahrer.

NINA: Nun ja. Aber sag mir, hast du heute deine Arbeitsnorm erfüllt? Du glaubst doch nicht, dass ich mit einem trägen Planierraupenfahrer schlafen möchte.

IOAN: Na klar! Sogar der Vorarbeiter unserer Mannschaft hat zu mir gesagt: Ioan, komm herunter von der Planierraupe, heute hast du gute Arbeit geleistet.

NINA: Hast du die Norm erfüllt oder überschritten?

IOAN: Um ehrlich zu sein, überschritten habe ich sie nicht. Es gab Schwierigkeiten.

Victor kommt dazwischen.

VICTOR: Ich aber habe sie überschritten! Ich komme auf die Ehrentafel!

NINA: Ich gratuliere! Ich gratuliere von ganzem Herzen. Lass mich dich küssen, mit dir will ich schlafen!

Maria nähert sich der Gruppe.

MARIA: Auch ich habe meine Norm überschritten, aber nicht um viel. Ich glaube nicht, dass ich auf die Ehrentafel kommen werde.

Die anderen Personen nähern sich auch der Gruppe und beginnen durcheinander zu reden, jeder wendet sich an jeden und erklärt, wie er die Norm erfüllt oder überschritten hat.

IOAN: Wir müssen uns beeilen, wir müssen uns entscheiden, wir haben nur noch fünfundzwanzig Minuten!

NINA: Ioan hat Recht, wir sollten zur Produktionssitzung nicht zu spät kommen. Ihr habt heute alle sehr gut gearbeitet, aber es geht noch besser. Versprecht ihr, dass ihr euch morgen noch mehr bemüht?

ALLE ZUSAMMEN: Wir versprechen es!

NINA: Dann lasst uns keine Zeit mit der Wahl der Paare verlieren. Los geht's!

ALLE ZUSAMMEN: Los geht es!

Die Schauspieler fangen an, sich auszuziehen. Die Zuschauer auf der Bühne lachen schallend.

AMTMANN: Haaalt! Stopp! Aufhören, habe ich gesagt! Was soll diese Schweinerei? Pornografie! Packt den Dramatiker! Bringt ihn zu mir!

Die Amtsmänner, die noch lachen, fassen Gigi an den Armen und bringen ihn zum Amtmann.

AMTMANN: Was hast du getan, du Irrer! Willst du dich über mich lustig machen?

GIGI: *Zum Publikum.*

Jawohl, genau das tue ich! Bitte den Stand festhalten: eins zu null für mich.

Zum Amtmann.

Auweia, womit habe ich sie geärgert?

AMTMANN: Dieses Tohuwabohu, was war das? Du bringst die Hurerei auf die Bühne? Bist du wahnsinnig? Was sagte ich, worüber sollst du schreiben?

GIGI: Über Arbeit und Liebe.

AMTMANN: Und, worüber hast du geschrieben?

GIGI: Über Arbeit und Liebe. Oder?

AMTMANN: Nein!!! Das ist Hurerei, darüber hast du geschrieben! Das ist keine Liebe.

GIGI: Na so was! Habe ich mich geirrt? Doch was ist Liebe? Ich dachte, dass es so gemacht wird.

AMTMANN: So wird es gemacht, aber nur zuletzt, nachdem du die Frau erobert hast. Und das wird nicht auf der Bühne gezeigt. Wenn du eine Frau siehst, bespringst du sie gleich? Machst du ihr nicht erst ein bisschen den Hof? Bringst du ihr keine Blumen, machst du ihr nicht schöne Augen? Versuchst du nicht, dich ihr seelisch zu nähern, suchst du nicht die seelische Liebe? Das ist die Liebe, kapierst du das, du Dussel?

GIGI: Soooo! Jetzt habe ich es verstanden. Selbstverständlich, die seelische Liebe. Ich werde das Theaterstück umschreiben! *Zum Publikum.* Wartet nur, jetzt zeig ich ihm die seelische Liebe. Ha, ha, es wird genauso, wie ich es wollte.

GREGOR: Achtung! Wir bekommen Besuch.

AMTSTRÄGER: Eine Gruppe Besucher! Die Mädchen sollen ihre Plätze einnehmen!

Die Mädchen stellen sich in einer Linie auf, jede vor ihr Zimmer. Die Besucher treten ein, eine nicht homogene und bunte Gruppe. Sie diskutieren untereinander. Sie machen einen uninteressierten und gelangweilten Eindruck.

AMTSTRÄGER: Bürger! Passanten! Liebe Leute! Bitte, alle hereintreten! Schaut her, unsere Institution ruft euch…

BESUCHER EINS: Lieber Freund, bemühe dich nicht. Wir sind eine organisierte Gruppe, also wissen wir, worum es geht und was wir hier zu tun haben. Und wir sind nicht zum ersten Mal da, wir kennen die Sprüche. Wir sind Vertrauenspersonen, es lohnt sich nicht, dass du so ein Geschrei machst.

AMTSTRÄGER: …unsere Institution ruft euch auf, unsere Mädchen zu betrachten, unsere Jungfrauen!… Aaaa… Chef, diese sind angeblich eine organisierte Gruppe, Vertrauenspersonen. Sollen wir noch alles vorlesen? Oder…

AMTMANN: Organisierte Gruppe? Vertrauenspersonen? Warum lesen, es sind Unsrige, sie wissen schon… Haben sie was mitgebracht?

BESUCHER ZWEI: Alles dabei, wir sagten doch, es ist eine organisierte Gruppe. Gebracht haben wir Salami, Eier, Schinken, Zwiebeln, was Hochprozentiges. Es ist gerade Zeit zum Frühstücken, sollen wir den Tisch decken?

Tische werden gebracht, die Besucher holen Essen aus den Tragetaschen. Die Amtsträger und die Mädchen gesellen sich dazu. Alle fangen an zu essen und sich lebhaft zu unterhalten.

BESUCHER DREI: Wenigstens das, wir essen etwas umsonst.

BESUCHER ZWEI: Sei klug und halt dein Maul. Andere haben nicht mal das.

BESUCHER DREI: So ist's nun mal. So sind die Zeiten. Ändern sich die Zeiten, werden wir uns auch ändern.

BESUCHER VIER: Manchmal denke ich, das ist nichts anderes als eine große Schweinerei.

BESUCHER DREI: So ist das Leben, die Menschen können die Zeiten nicht ändern, aber die Zeiten ändern die Menschen. Wozu hochmütig sein?

ALLE ZUSAMMEN: Warum hochmütig sein?

Sie kauen und schmatzen, stoßen an und trinken, sich gegenseitig ermunternd.

BESUCHER VIER: Ja, es hat keinen Sinn, hochmütig zu sein. Trotzdem ist es weiterhin eine große Sauerei.

BESUCHER EINS: Hast du ein Magengeschwür?

BESUCHER VIER: Hab' ich nicht.

BESUCHER EINS: Warum bekommt dir dann das Essen nicht?

BESUCHER VIER: Das Essen bekommt mir. Gerade das ist die Sauerei.

BESUCHER EINS: Dann schweig und iss!

ALLE ZUSAMMEN: Schweig und iss!

BESUCHER ZWEI: Was beunruhigt dich? Sind es die Mädchen? Weil sie alt und hässlich sind?

ALLE ZUSAMMEN: Was beunruhigt dich? Sind es die Mädchen? Weil sie alt und hässlich sind?

BESUCHER DREI: Was beunruhigt dich? Sind es die Mädchen? Weil sie verdorben sind?

BESUCHER EINS: Was geht dich das an? Man hat dir gesagt, dass sie jung und schön sind, dann ist es so!

ALLE ZUSAMMEN: Dann ist es so!

BESUCHER VIER: Gerade weil es mich nicht berührt. Gerade das ist die Sauerei.

BESUCHER EINS: Nun ja, so ist er, ein Haarspalter. Aber sonst ein guter Kerl.

BESUCHER ZWEI: Bei ihm ist eine Schraube locker, aber er ist einer von uns.

ALLE ZUSAMMEN: Wir sind doch als organisierte Gruppe gekommen.

BESUCHER EINS: Und, auch wenn es eine Sauerei sein sollte, was geht uns alle das an?

ALLE ZUSAMMEN: …uns alle?

DURANGO: Herr Inspektor! Herr Inspektor! Wir können das wirklich nicht mehr ansehen! Wir müssen sofort zugreifen!

INSPEKTOR: Durango, mein Freundchen, nichts übereilen. Wir dürfen uns nicht aufregen. Wieso denn sofort? So, in Unterwäsche? Wir sind höhere Beamte, wir müssen auf Etikette achten. Bring mir meinen Harnisch, mein Freundchen, und hilf mir, ihn anzuziehen.

Durango bringt die Rüstung des Inspektors und hilft ihm, sie anzuziehen. Das Anziehen dauert lange, ist anstrengend, mit Seufzern, mit wiederholten Pausen, während derer der Inspektor Luft holen muss. Die Besucher räumen den Tisch ab und gehen weg. Gigi ist in seinem Kämmerchen. Ein Moment der Stille, man hört das Klappern der Schreibmaschine, verstärkt durch die Lautsprecher.

GIGI: Nun ja, ich müsste mich eigentlich freuen, alles ist so gelaufen, wie ich es mir gewünscht hatte. Und weiter wird es noch toller werden. Doch was ist mit mir los? Ich bin unruhig, unsicher. Ist das schlimm, was ist tue? Nein, keineswegs. Was ist denn mit mir? Wo ist mein früheres Selbstvertrauen? Was zum Teufel habe ich denn heute Nacht geträumt, dass ich wie verwandelt bin? Meine Gedanken wollen immer zurück zu jenem weiten Feld. Ich lag im Gras. Ist etwas passiert? War im Traum, irgendetwas, eine Erscheinung, die mich betrübt? Ja, doch – es war etwas. Ich beginne mich zu erinnern, so war es doch… ich lag im Gras und war sorglos. Ja, ja, ich fühlte mich ausgezeichnet, ein leichter Wind wehte, es war warm und angenehm, ich war halbwach. Und auf einmal lag jemand neben mir, sie lag auf der Seite und stützte sich auf den Ellenbogen. Sie kam nicht, sie näherte sich nicht, auf einmal war sie da. Eine junge Frau, in einem weißen Leinenhemd. Sie war barfuß und spielte mit einem Grashalm. Wie benommen legte ich meine Hand auf ihre Schulter, sie sah mir tief in die Augen und lächelte sonderbar. Um ins Gespräch zu kommen, sagte ich zu ihr: Alles ist gut, alles ist wunderbar. Sie aber antworte ganz kurz: Hallo! Das war es also!

AMTMANN: Gregor soll zu mir kommen.

AMTSTRÄGER: Gregor soll zum Chef! Gregor soll zum…

GREGOR: Alles ist wunderbar!

AMTMANN: Alles ist… alles! Hör, Gregor, hol die Malerei und bring sie, sie soll sich vorstellen.

GREGOR: Sehr gut. Entschuldigung, ich habe die Klingel nicht gehört.

AMTMANN: Aber, Gregor! Es hat nicht geläutet. Muss es uns ständig in den Ohren läuten, damit wir wissen, was wir zu tun haben? Wozu sind wir in unserem Dienst eingesetzt worden? Hast du verstanden?

GREGOR: Verstanden. Aber die Klingel hat nicht geläutet.

AMTMANN: Nichts hast du kapiert! Nimm das Mädchen und bring es her.

Gregor geht herunter und nimmt die Malerei am Arm.

GREGOR: Die Klingel hat nicht geläutet.

DIE MALEREI: Was geht mich eure Klingel an? Ist doch alles dasselbe.

GIGI: Nun, lassen wir die Lustlosigkeit sein. Träume mit barfüßigen und schönen Mädchen gehören der Nacht, jetzt sind wir mitten im Tag.

Gigi nimmt die Schauspieler und geht nach unten.

GIGI: Alles ist gut.

AMTSTRÄGER: Du schon wieder? Oh Gott, bist du verrückt? Selten habe ich so gelacht wie bei deinem Theaterstück. Chef, er ist wieder da, der mit dem Theaterstück.

GIGI: Alles ist exzellent. Ich habe das Stück umgeschrieben.

AMTMANN: Du kommst doch nicht wieder mit deinen Schweinereien?

GIGI: Ich habe alles nach Ihren Anweisungen geändert. Seelenliebe und sonst nichts. Nur der Teil mit der Arbeit, der ist geblieben.

AMTMANN: Gut, gut. Lass mal schauen.

Der Bühnenbild-Vorhang mit der Baustelle wird wieder heruntergelassen. Ioan und Anna kommen nach vorne.

ANNA: Was für ein wunderbarer Tag! Was für ein großartiger Tag! Endlich habe ich es geschafft, von der Büroarbeit weg zu kommen, von der Trostlosigkeit dort! Ich werde Eisenbetonarbeiterin! Wie wunderbar! Großartig! Ich bin doch nicht auf die Baustelle gekommen, um in Papierbergen zu kramen. Ich will dort sein, wo es am Schwierigsten ist, ich möchte fühlen, dass ich lebe, den Puls des Lebens spüren. Ich bin jung, achtzehn Jahre alt, für mich gibt es nur Arbeit und Liebe. Liebe… ah, wenn ich denke, dass ich in einen Jungen unserer Zeit verliebt bin… Die Arbeit und die frische Gebirgsluft machen die Männer romantisch. Das Warten, sich in die Augen schauen, die Romanze… Ioan, denn es handelt sich um Ioan, ist ein fleißiger Planierraupenfahrer. Wenn ich ihn mit ölverschmierten Händen vor mir sehe, so wie er nach Benzin stinkt, fühle ich in ihm die unbändige Kraft seiner Maschine, die Großartigkeit der Arbeit und das Feuer der Jugend!

IOAN: Wieder ist ein Arbeitstag verstrichen. Habe ich ihm genügt? Die anderen ruhen sich aus, aber ich muss alles noch mal überprüfen; ist meine Planierraupe auch in einem perfekten Zustand? Ich möchte nicht der Grund einer technischen Panne sein, und mich deswegen schämen müssen. Wie könnte ich dann Maria noch in die Augen sehen? Sie würde mich sicherlich verachten. Wenn du nicht tüchtig bist, achtet dich keine junge Frau. Ach, der Abend naht, ich werde im Mondschein spazieren gehen, ich werde Maria von der Liebe erzählen. Welche Genugtuung, wenn du weißt, deine Norm erfüllt zu haben. Wie weise die Natur war, sowohl die Arbeit als auch die beiden Geschlechter geschaffen zu haben.

ANNA: Am Schädlichsten ist der Leichtsinn, die Aufforderung zur Freizügigkeit, verborgen unter unterschiedlichen Ratschlägen: Kümmere dich um nichts, wirf dich in den Strudel des Lebens! Vergiss, dass die Liebe eine Beziehung zwischen zwei Seelen ist. Vergiss die Suche nach einem Ideal! Blödsinn. Ich warte lieber ein Leben lang, als einen leichtsinnigen Kompromiss einzugehen. Wir sind Menschen und keine Tiere, wir müssen uns entsprechend verhalten, unsere Seelen verlangen nach Liebe.

Wie kannst du denn leben, ohne auf die Sprache des Herzens zu achten? Wie kann man mit Erfolg arbeiten, die Planziffern und das Engagement vor Augen, wenn man ein Sklave der Wollust ist? Wenn ein Maurer vom Gerüst fällt, ist es nicht die Schuld der Mädchen, die ihn mit der Sprache des Fleisches verwirrt haben? Die Unzucht ist absurd, führt zur Perversion, zu krankhaften Gedanken, zur Depression - brauchen wir so etwas? Nein! Die seelische Liebe ist gesund, erfrischend, willkommen, macht lebens- und arbeitshungrig, denn es geht hier um die Arbeit – und, warum auch nicht – sie ist äußerst angenehm!

IOAN: In der Tat, so ist es!

ANNA: Hey! Wer bist du denn? Was hast du hier zu suchen?

IOAN: Ich bin ein junger Mensch unserer Zeit, wie du, einer von der Baustelle. Ohne Absicht habe ich gehört, was du gesagt hast, und ich kann dir versichern, dass du Recht hast.

ANNA: Wirklich?

IOAN: Pass auf, wie wir es am besten machen: Jetzt ist sieben, wir haben eine halbe Stunde zur Verfügung. Dann können wir das Abendbrot und besonders die Arbeitsproduktionssitzung noch erreichen. Wir müssen uns also beeilen. Ich bitte dich, geh zu Maria, der jungen Frau aus der Maurergruppe, und sag ihr, dass ich auf sie warte.

ANNA: Maria?! Das kann nicht sein!

IOAN: Maria, jawohl, die junge Frau aus der Maurerbrigade. Sie ist es, die ich liebe.

ANNA: Welch Unglück! Ioan, der junge Mann, den ich liebe, hat sein Herz Maria geschenkt, der jungen Frau aus der Maurerbrigade. Ah, ich möchte am liebsten sterben.

Victor kommt zu ihnen.

VICTOR: Verzweifle nicht, Anna. Meine Gedanken sind nur bei dir. Du bist der Sinn meines Lebens, mein Licht. Ich liebe dich von ganzem Herzen!

Gina nähert sich der Gruppe.

GINA: Was? Victor, mein Liebster, liebt Anna? Welch ein Unglück! Wozu lebe ich noch? Ich möchte sterben, verschwinden, alles soll zugrunde gehen!

Titi nähert sich der Gruppe.

TITI: Wie? Gina, meine Liebste, liebt Victor? Welch ein Unglück! Wozu lebe ich noch? Ich möchte sterben, verschwinden, alles soll zugrunde gehen!

Der Reihe nach werden alle Personen mit demselben Text ihre unerfüllte Liebe beweinen.

ANNA: Ich ertrage es nicht mehr. Ich möchte sterben.

VICTOR: Was für eine Qual! Nur der Tod kann mich befreien!

MARIA: Wie unglücklich ich bin! Ich kann nicht mehr leben.

DAN: So schnell wie möglich möchte ich sterben!

GINA: Der Schmerz überwältigt mich! Ich kann keinen Augenblick länger leben!

Es entsteht ein Tumult, jede Person beweint ihr Schicksal. Alle Schauspieler nehmen ihre Kopfhelme ab und beginnen sich selbst mit ihren Werkzeugen auf den Kopf zu schlagen. Die Zuschauer auf der Bühne lachen laut.

AMTMANN: Halt! Aufhören! Ich habe gesagt, aufhören! Was ist das für ein Irrsinn!? Was soll das? Massenselbstmord?

Massenselbstmord auf einer Baustelle der Jugendorganisation? Wahnsinn! Ergreift den Stückschreiber! Bringt ihn her! Was ist das jetzt? Du versuchst mich wirklich zu verspotten!

GIGI: *Zum Publikum.*

Er fängt an, zu begreifen. Zwei zu null für mich.

Zum Amtmann.

Oh weh, oh weh, oh weh!… Ich habe mich wieder geirrt! Wo lag ich aber falsch? Bei der Arbeit?

AMTMANN: Nicht bei der Arbeit, du Trottel. Der Teil mit der Arbeit ist korrekt, wenn auch etwas trocken. Wenn du Besseres nicht schaffst… Aber, immerhin, korrekt. Die Liebe hast du durcheinandergebracht! Woher dieser Unsinn? Die seelische Liebe führt zum Selbstmord? Warum muss der eine junge Mann die eine junge Frau lieben, und die junge Frau einen anderen jungen Mann, und der dann wieder eine andere?

GIGI: Einer die und die eine einen anderen…

AMTMANN: Ja du Trottel, fast hast du es verstanden! Also ganz einfach, der der liebt, wird auch geliebt und alles geschieht zwischen den beiden. Erfüllte Liebe, verstehst du? Mensch, du begreifst aber schwer. Hast du es kapiert?

GIGI: Fertig! Er liebt sie und sie liebt ihn!

GREGOR: Besucher! Wir haben Besucher.

Die Besuchergruppe tritt ein, bunt gekleidet, unterschiedliche Temperamente. Sie bewegen sich durcheinander, wie verstört, haben gelangweilte Gesten. Einem von ihnen sind die Arme auf dem Rücken gebunden und er hat einen Knebel im Mund. Ein anderer trägt einen übergroßen Knochen mit sich. Die Mädchen stellen sich in einer Linie auf, jede vor ihrem Zimmerchen.

AMTSTRÄGER: Alles ist wunderbar. Seid ihr eine organisierte Gruppe?

BESUCHERGRUPPE: Alles ist gut. Was für eine Gruppe? Nein. Keine Gruppe. Wir sind halt so gerade vorbeigekommen. Wieso, geht es nur in einer Gruppe?

AMTSTRÄGER: Nein, nein, es geht alles, so wie es kommt. Nur, es hätte auch eine organisierte Gruppe sein können, von einem Unternehmen, mit jemand, der euch führt. Aber es tut nichts zur Sache. Setzt euch hin, damit wir anfangen können. Bürger! Passanten! Liebe Leute! Bitte, alle hereintreten! Seht da, wir rufen euch, betrachtet unsere Mädchen, betrachtet unsere Jungfrauen! Alle wisst ihr, was sie uns bedeuten, ihr wisst…

BESUCHER EINS: Wir wissen von nichts. Wir sind halt so gekommen, um mal eine andere Luft zu atmen. Den ganzen Tag lang im Dienst, zu Hause wieder Arbeit, wieder Kopfzerbrechen. Also haben wir uns gedacht: Mal schauen, ein bisschen entspannen, wenn es sowieso regnet, kann man nirgends hin gehen. Komm, lass uns die Mädchen anschauen, es wird ja so viel von ihnen geredet. Lass uns das Wunder anschauen. Also, gehört haben wir, dass es sie gibt, aber wir wollten sie sehen, wir wollen sie einzeln betrachten.

AMTSTRÄGER: …wisst ihr, dass sie unser Lebenselixier sind, unsere geistige Nahrung, ohne die wir nicht existieren könnten…

BESUCHER ZWEI: Mensch, wir wissen nichts. Wir sind nicht gekommen, um Geschichten zu hören. Wir wollen die Mädchen sehen. Es wird ja soviel von ihnen geredet, die einen sagen so, die anderen anders, andere wiederum…

AMTSTRÄGER: Chef, diese wollen die Mädchen sehen!

AMTMANN: Sie sehen? Na, dann sollen sie sie sehen. Da sind sie.

AMTSTRÄGER: Habt ihr gehört, gute Leute, dies sind die Mädchen.

Die Besucher mischen sich zwischen die Mädchen und betrachten sie aus der Nähe.

BESUCHER EINS: Aha, dies sind die Mädchen. Die Jungfrauen-Mädchen…

BESUCHER ZWEI: Hei du, das sind Mädchen? Es sind richtige Weiber.

Der geknebelte Besucher strampelt und versucht zu sprechen. Die anderen hindern ihn daran.

BESUCHER DREI: Und wirklich Jungfrauen? So geschminkt? Fräuleins aus dem Mädchenpensionat?

BESUCHER DREI: Schön sind sie nicht gerade.

BESUCHER VIER: Na und? So sind sie nun mal. Was soll das ganze Gerede? Diese sind unsere Mädchen. Diese haben wir und basta.

BESUCHER EINS: Man hätte sie wenigstens anders kleiden sollen. Was sie darstellen sollen, weiß man ja. Aber um den Anschein zu wahren, wäre eine etwas anständigere Kleidung doch besser gewesen.

BESUCHER VIER: Was weiß man schon? Was soll dieses unnötige Gerede?

Der geknebelte Besucher kann sich befreien.

DER GEKNEBELTE BESUCHER: Huooo! Es sind Huren! Verfluchte Huren!! Seht ihr nicht?! Seht ihr denn nicht? Schaut ihr nicht? Seht sie euch an! Sie sind verdorben! Sie sind…

Den anderen Besuchern gelingt es, ihn zu bändigen.

DIE BESUCHER: Ach, dieser fürchterliche Mensch. Er bringt uns noch alle in Schwierigkeiten. Er kann sein Maul nicht halten!

BESUCHER VIER: Er ist verrückt! Er hat keine Ahnung, wovon er spricht!

BESUCHER EINS: Ja, ja er ist verrückt. Er kann sein Maul nicht halten.

BESUCHER ZWEI: Was sagte er denn?

BESUCHER EINS: Na ja, du kennst ihn doch seit längerem. Er gibt keine Ruhe und bringt uns in Schwierigkeiten.

BESUCHER ZWEI: Diese Mädchen, sind das wirklich ganz normale Dirnen, wie man munkelt?

BESUCHER VIER: Warum blöd herumreden? Wozu? Sie sind unsere Mädchen. Diese da haben wir und keine anderen.

BESUCHER EINS: Lassen wir das sein. Was geht uns das an? Wir sind einfache Leute, wir können die Welt nicht verändern. Wir sind hergekommen, um uns die Zeit zu vertreiben. Draußen regnet es, es ist schlechtes Wetter, wo soll man anders hin? Den ganzen Tag Dienst, zu Hause wieder Arbeit, erneute Lauferei. Wir sind ja gekommen, um was anderes zu erleben, um uns zu entspannen.

BESUCHER DREI: So ist es. Wir sind einfache Leute.

BESUCHER ZWEI: Doch vielleicht, wenn jemand über uns richten würde, wir, also diese die wir hier sind, haben wir denn gar keine Schuld?

Der geknebelte Besucher befreit sich wieder.

DER GEKNEBELTE BESUCHER: Wir sind alle Feiglinge! Wir sind Angsthasen! Wir tragen die größte Schuld. Ohne unsere Feigheit könnte nicht…

Die Anderen bringen ihn wieder zum Schweigen.

BESUCHER DREI: Hatte ich doch gesagt, er macht Ärger.

BESUCHER VIER: Schuld? Welche Schuld?! Wir müssen leben! Anders kann man nicht leben, man muss die Tatsachen so nehmen, wie sie sind.

BESUCHER ZWEI: Nun ja, nun ja, eine Schuld sei da schon… Aber, wie gesagt, wir sind einfache Leute, wir können nicht anders. Jedenfalls, wenn irgendwer über uns richten sollte, er hätte genug Gründe, uns an den Pranger zu stellen. Zum Glück richtet niemand über uns. Vielleicht nur wir. Wir unter uns…

BESUCHERGRUPPE: Wozu das ganze Herumgerede? Wozu die ganzen Kommentare? Wir sind klein, viel zu klein. Wir sind gekommen, um etwas anderes zu erleben. Den ganzen Tag lang Dienst, zu Hause eine andere Arbeit, wieder Lauferei. Draußen regnet es, das Wetter ist schlecht, wohin sonst gehen? Wir sind gekommen, um uns zu entspannen. Sind sie Jungfrauen? Oder sind sie Dirnen? Sind sie verdorben? Was geht uns das an? Nein! Uns geht das nicht an. Uns geht nichts an. Den ganzen Tag lang Dienst, zu Hause wieder Arbeit und Lauferei, draußen regnet es, das Wetter ist schlecht, wohin sonst gehen? Wir sind einfach so gekommen, um mal eine andere Luft zu atmen, um uns zu entspannen. Und bitte schön, wer soll über uns richten? Es gibt niemanden, der über uns richten kann. Nur so, wir unter uns…

Die Besucher gehen.

GIGI: Na ja, na ja, so viel Gerede, so viel verlorene Zeit. Sie fürchten sich vor dem Gericht. Sie fürchten sich, dass die Zeit kommen wird, in der sie über sich selbst richten werden. Was für eine Dummheit! Es gibt nur eine Art des Richtens, wenn du über dich selbst urteilst! Das ist es. Wie stehe ich da? Ich bin hart mit den anderen und bin hart mit mir selbst. Doch fällt es mir nicht leicht, etwas bedrückt mich, etwas beunruhigt mich. Dennoch muss ich weiter machen. Ich muss weiter machen, sonst verliere ich meine Sinne, sonst gehe ich ganz zugrunde. Etwas bedrückt mich, ich kann den Traum von heute Nacht nicht vergessen. Ich sollte nicht mehr daran denken, aber ich kann es nicht lassen. Die Frau aus dem Traum, ihr Gesicht verfolgt mich, ich kann mich von ihrem Bildnis nicht trennen, von der Art, wie sie ihren Kopf auf den Arm stützte, wie sie mich angeschaut hat. Ich erinnere mich, mir wurde es plötzlich heiß, mein Mund war trocken und mein Atem wurde so heftig, wie nach einem langen Rennen. Ich empfand für sie Liebe, ein unvorstellbares Begehren, so wie ich es nie für möglich gehalten hätte. Wie von Sinnen habe ich zu ihr gesagt: Sei die meine! Ich bin arm, aber ich bezahle dich mit all dem, was ich habe! Muss ich mich schämen, dass ich ein Mädchen kaufen wollte? Ich kann mich genau erinnern, ich habe sie mir gewünscht, ich habe sie mir so gewünscht, dass ich mein Ideal vergessen habe, mein Wesen, mein Versprechen, bei dem

Spiel nicht mit zu machen. Nun gut, der Traum gehört der Nacht, jetzt ist Tag, ich bin bei klarem Verstand und kenne den Weg, den ich gehen will. Man begegnet mir mit Hochmut, ich verteidige mich mit größerem Hochmut. Wenn ich die Stirn bieten und mich quer stellen soll, dann, weil ich mich nicht im Stande fühle, das auszuhalten. Soll ich auf das Gericht warten? Kommt überhaupt die Zeit, in der wir über uns richten werden? Was geht mich das an? Vorerst bin ich es, der über mich richtet. Vor dem Allmächtigen habe ich mich verpflichtet zu lachen, nicht zu leiden. Ich habe mich verpflichtet zu singen und zu tanzen und zu lachen. Ich werde singen und ich werde tanzen und ich werde lachen! A la hopp, alle Schauspieler sollen zu mir! Ein neues Theaterstück. Ob ich leide oder nicht leide, ich werde auf jeden Fall singen und ich werde tanzen und ich werde lachen!

Gigi kommt auf die Bühne mit den Schauspielern.

AMTSTRÄGER: Chef, ein neues Theaterstück.

AMTMANN: Wieder? Wieder unser Dramatiker? Was für eine Verrücktheit hat er denn nun wieder ausgeheckt? Ich befürchte, dieser Mensch ist etwas einfältig, doch geben wir ihm noch ein Chance. Man weiß nie, wo sich Talent verborgen hält.

GIGI: Ich bitte um Ruhe! Das Theaterstück möge beginnen!

Wieder wird der Bühnenbild-Vorhang heruntergelassen. Wie immer sammeln sich alle auf der Bühne, um zuzuschauen, einschließlich des Inspektors und Durangos. Die Schauspieler stehen unten, Ioan und Maria kommen nach vorne.

MARIA: Was für ein wunderbarer Tag! Was für ein großartiger Tag! Endlich habe ich es geschafft, von der Büroarbeit weg zu kommen, von der Trostlosigkeit dort! Ich werde Eisenbetonarbeiterin! Wie wunderbar! Großartig! Ich bin doch nicht auf die Baustelle gekommen, um in Papierbergen zu kramen. Ich will dort sein, wo es am Schwersten ist, ich möchte fühlen, dass ich lebe, den Puls des Lebens fühlen. Ich bin jung, achtzehn Jahre alt, für mich gibt es nur Arbeit und Liebe. Liebe… ah, wenn ich mir vorstelle, dass meine Liebe erfüllt sein wird. Die Arbeit und die frische Gebirgsluft bringen die Seelen näher zueinander. Ich kann es kaum erwarten, Ioan zu treffen, einen jungen Mann unserer Tage. Er ist ein temperamentvoller Kranfahrer, mit öl- und Vaseline-verschmierten Händen. Ich fühle in ihm die unbändige Kraft seiner Maschine, die Großartigkeit der Arbeit und das Feuer der Jugend!

IOAN: Wieder ist ein Arbeitstag verstrichen. Habe ich ihm genügt? Die anderen ruhen sich aus, aber ich muss alles noch mal überprüfen. Ist mein Kran auch in einem perfekten Zustand? Ich möchte nicht der Grund einer technischen Unterbrechung sein und mich deswegen schämen müssen. Wie könnte ich dann noch der jungen Frau auf der Baustelle näher kommen? Sie würde mich sicherlich verachten. Wenn du nicht tüchtig bist, erwidert keine junge Frau deine Liebe. Ach, die Nacht naht, ich werde Maria treffen, eine der jungen Frauen unserer Baustelle. Unsere Liebe entspricht ganz den Gesetzen der Natur. Was für eine Erfüllung, wenn du weißt, deine Norm erfüllt zu haben. Wie weise die Natur war, als sie die Arbeit und die beiden Geschlechter geschaffen hat.

MARIA: Am Schädlichsten ist das krankhafte Misstrauen gegenüber der erfüllten Liebe. Es äußert sich in unzähligen Ängsten: Aber ach, wenn er mich nicht so liebt, wie ich ihn liebe? Was für eine Dummheit! Wir sind Wesen, die Liebe zum Leben brauchen, darum ist auch Liebe gegenseitig, und wir müssen uns entsprechend verhalten. Die Liebe ist doch immer da, wozu dann die Selbstzweifel voll Misstrauen. Aber es geht ja nicht um das Leben, sondern um die Arbeit geht es. Wie sollst du gut und mit Erfolg arbeiten, mit Planziffern und Engagement im Kopf, wenn deine Hand zittert? Und wenn ein eifersüchtiger Maurer vom Gerüst fällt, ist es weder meine Schuld noch die seiner Geliebten, dass wir uns nicht rechtzeitig unsere gegenseitige, erfüllte Liebe erklärt haben. Das Misstrauen ist absurd, es führt zu Lustlosigkeit, zu krankhaften Gedanken, zu Depression, braucht man so etwas? Ganz im Gegenteil, erfüllte Liebe ist gesund, ist tonisch, ist willkommen, macht tüchtig, lebenshungrig und arbeitslustig, denn es geht hier um die Arbeit - und, warum nicht auch - sie ist äußerst angenehm!

IOAN: In der Tat, so ist es!

MARIA: Hei! Wer bist du denn?

IOAN: Ich bin ein junger Mensch unserer Zeit, so wie du, ein junger Mann von der Baustelle. Ohne Absicht habe ich gehört, was du gesagt hast, und ich versichere dir, dass du Recht hast. Und jetzt ganz kurz: Ich glaube so ist es am besten ist: Jetzt ist es sieben Uhr, wir haben eine halbe Stunde Zeit, um uns unsere gegenseitige Liebe zu erklären, denn ich bin Ioan, den du liebst. Ich meinerseits, liebe dich auch. So können wir das Abendbrot und besonders die Arbeitsproduktionssitzung noch erreichen. Wir müssen uns also beeilen.

MARIA: Beeilen, beeilen, aber bitte nicht gerade so. Vorerst musst du mir sagen, arbeitest du etwa als Büromensch?

IOAN: Keine Rede. Glaubst du, ich bin zur Baustelle gekommen, um Papiere von da nach dort zu schieben? Ich bin Kranfahrer.

MARIA: Nun ja. Aber du musst mir noch sagen, ob du heute deine Norm erfüllt hast.

Gina kommt zu ihnen.

GINA: Was heißt hier Norm? Ein anderes Hindernis trennt euch. Ihr beide seid Geschwister.

IOAN, MARIA: Wie denn? Unmöglich. Wir sind uns zum ersten Mal hier auf der Baustelle begegnet.

GINA: Ioan ist der ältere Bruder. Als Kind ist er in einer fremden Stadt verloren gegangen. Er war noch zu klein, um zu wissen, zu wem er gehört und ist in einem Waisenhaus aufgewachsen.

IOAN, MARIA: O weeeeh, was für ein Unglück! Was für ein Schicksal!

Sie fangen an zu klagen und zu weinen.

GINA: Weint, und ich werde mit euch zusammen weinen. Denn auch ich bin ohne Hoffnung von dem getrennt, den ich liebe. Es ist mein Vater, der im Krieg vermisst wurde! *Sie klagt und weint.*

Die anderen Schauspieler gesellen sich zu ihnen, reden laut und weinen alle zusammen, jeder erklärt seine unglückliche Liebe für einen Verwandten ersten Grades. Sie machen ein großes Geschrei, bewegen sich von hier nach da und fallen sich gegenseitig in die Arme.

MARIA: Welch ein Unglück! Ich möchte sterben!

IOAN: Sterben? Denkst du nicht an unsere Verpflichtungen? An die Termine zur Inbetriebnahme? Nicht doch! Niemand wird sterben. Heldenhaft werden wir die Schmerzen des Lebens überwinden. Wir werden weinen und werden arbeiten!

Sie nehmen ihre Arbeitsgeräte und fangen an zu arbeiten und zu weinen. Die Zuschauer auf der Bühne halten sich den Bauch vor Lachen.

AMTMANN: Halt! Aufhören! Ich habe gesagt, aufhören! Was soll dieser Blödsinn? Wo glaubt ihr denn zu sein? Was soll diese Schweinerei? Packt den Dramatiker! Ergreift ihn und bringt ihn zu mir! *Zu Gigi.* So also, Jungchen! Uns vergackeiern. Uns verspotten. Nun gut, ich werde es dir ordentlich zurückzahlen. Du durftest spielen, einmal, zweimal, dreimal. Du schreibst sofort ein Theaterstück, und zwar so, wie ich es brauche. Entweder du schreibst, oder…

Gibt den Amtsträgern ein Handzeichen.

AMTSTRÄGER EINS: Wir schlagen ihn…

AMTSTRÄGER ZWEI: Wir quälen ihn…

AMTSTRÄGER EINS: Wir stecken ihn in einem Sack…

AMTSTRÄGER ZWEI: Wir ziehen ihm die Nase lang…

BEIDE AMTSTRÄGER: Wir ziehen ihm die Haut über die Ohren!

AMTMANN: Und noch mehr und schlimmer! Ich hoffe, du hast verstanden. Ich gebe dir nur noch eine Chance. Kein Rat dazu, keinen Hinweis. Diesmal musst du alleine zurechtkommen. Du schreibst, wie es dir durch den Kopf geht. Vielleicht wagst du es noch einmal die Herrschaften hier zum Lachen zu bringen. Dann werde ich das Vergnügen haben, dich…

Macht noch mal das Handzeichen an die Amtsträger.

AMTSTRÄGER ZWEI: Er wird heulen!

AMTSTRÄGER EINS: Er wird vor Schmerzen jammern!

BEIDE AMTSTRÄGER: Wehe ihm!

AMTMANN: Ich wünsche dir angenehmes Nachdenken über deine literarischen Themen. Packt ihn!

Die Amtsträger bringen Gigi ins Zimmerchen und binden ihn fest. Inzwischen hat der Inspektor seinen Harnisch und den Prunkmantel angezogen.

DURANGO: Herr Inspektor! Herr Inspektor! Wir werden auch diesen Tag verlieren.

INSPEKTOR: Den Tag verlieren, Freundchen? Nichts werden wir verlieren. Im Gegenteil, ein Tag, an dem du nichts übereilt hast, an dem du keine falsche Entscheidung getroffen hast, ist ein gewonnener Tag.

DURANGO: Herr Inspektor, aber unsere Mission ist zu untersuchen und zu inspizieren. Zu untersuchen und zu revidieren.

INSPEKTOR: Zu untersuchen und zu inspizieren? Wehe meiner alten Tage, Durango, mein Freundchen. Ich sehe doch, was sich auf der Erde tut. Die Menschen reden immer mehr über das Gute und tun immer mehr Schlechtes. Sie pervertieren sich wie noch nie. Entweder sie sind Schurken, oder sie sind gleichgültig. In früheren Zeiten habe ich dem Söldner verziehen, der ohne Mitleid raubte, weil er unwissend war und seinerseits gequält wurde. Ein wildes Tier ohne Verstand. Aber die gegenwärtigen Täter sind wissend, ausgebildet wie noch nie. Wie weit soll meine Duldsamkeit noch gehen? Der einfache Mensch ist hingegen total verblödet, er wurde zugrunde gerichtet und hat zu nichts mehr Lust.

DURANGO: Wir sollten das Gesetz durchführen!

INSPEKTOR: …und auch der Glaube an den Allmächtigen ist verloren gegangen. Es gibt niemanden mehr, der mich führen kann, der mich des Amtes entheben kann. Ich bin ganz allein geblieben und habe keine Kraft mehr. Ich kann nicht mehr wissen, was rechtens und gut ist. Deshalb habe ich entschieden, meine Aufmerksamkeit nur auf die Mädchen, auf die Jungfrauen zu richten. Sie sind der Lebenssinn der Menschen, die geistige Nahrung, ohne die sie ein Haufen Vagabunden sein würden, die sinnlos durch die Welt herumirren. Das Wertvollste an den Mädchen ist ihre Ehre, das ist allgemein bekannt. Seit jeher, seit es Völker und Nationen gibt, wurde die Unbescholtenheit der Jungfrauen von Generationen hochgeachtet, wie eine Standarte, wie eine Absicherung. Ihre seelische Reinheit, ihr makelloser Anstand hat die Massen der Menschen geleitet und ihnen in den schwierigsten Augenblicken geholfen. Seelisch aufgebaut, vereint wie durch ein untrennbares Band, haben die Menschen den Schicksalsschlägen mit erhobenem Haupt und ohne Angst getrotzt. Sollte ich aber erfahren, dass auch sie, Gott bewahre, verdorben sind, dann werde ich nicht mehr zögern und das Gesetz vollbringen.

DURANGO: Herr Inspektor! Unsere Mission ist zu…

INSPEKTOR: …Durango, mein Freundchen, deine Mission ist, meine Lanze zu tragen, eine Laterne zu zünden, vor mir zu laufen und mich anzukündigen.

Durango zündet die Laterne an, nimmt die Lanze und beginnt, im ersten Stock zu patrouillieren und den Inspektor anzukündigen. Der Inspektor setzt sich wieder in den Sessel.

DURANGO: Der Inspektor! Der Inspektor! Es kommt der Inspektor! *Geht in den Saal und läuft zwischen die Reihen der Zuschauer.* Es kommt der Inspektor! *Geht zurück auf die Bühne zu den anderen Personen, die ihn scheinbar nicht wahrnehmen. Der Amtmann kommt in den Salon herunter und diskutiert mit Kalliope.*

AMTMANN: Also, gute Frau, selbstverständlich wird es nicht geschehen, aber wenn doch, im absurden Fall, wenn doch jemand kommen sollte, um sich unsere Mädchen anzuschauen…

KALLIOPE: Wir sind kleine Leute, wir haben gar keine Macht. Sogar Sie, auch wenn Sie Chef sind… Wir können die Welt nicht verändern.

AMTMANN: Hör auf zu jammern und hör mir genau zu. Angenommen, du bist die betreffende Person und du schaust dir eines unsere MÄDCHEN an. Sagen wir, die Poesie, ja, ja. Die Poesie soll hierherkommen. Poesie!

AMTSTRÄGER: Die Poesie!

POESIE: Wieso ich wieder? Immer ich, immer ich…

AMTMANN: Sei ruhig! Also du, Kalliope, du bist noch nie hier gewesen. Du kommst zum ersten Mal und schaust dir die Poesie an. Was siehst du?

POESIE: Da hat man was zu sehen, oder!

Der Amtmann ohrfeigt sie.

AMTMANN: Ich werde dir schon ordentliches Benehmen beibringen! Also, Kalliope, was siehst du?

KALLIOPE: Nun, was soll ich denn schon sehen? Was man halt sieht, oder?

AMTMANN: Also?

KALLIOPE: Also, also… Was, sie wissen nicht? Sie sind ja auch von hier.

AMTMANN: Gut. Packen wir es anders an. So, vergleichend, wie sahst du aus, als du noch jung warst, so, etwa, als du sechzehn warst?

DURANGO: Der Inspektor! Es kommt der Inspektor!

KALLIOPE: Nun, erstens war ich nicht geschminkt. Wie hätte man sich so was bei uns im Dorf vorstellen können?

AMTMANN: Das kann korrigiert werden.

Zum Amtsträger.

Wisch ihr die ganze Schminke aus dem Gesicht.

Zu Kalliope.

Was anderes.

KALLIOPE: Und die Haare. Die Haare hatte ich in langen Zöpfen geflochten.

AMTMANN: Das tut auch eine Perücke. Aber die Kleider. Wie warst du angezogen?

KALLIOPE: Na wie denn, wie alle Mädchen auf dem Lande. Weißes Hemd, schwarze Schürze, Bundschuhe…

AMTMANN: Nee, nein, ich glaube nicht, dass das geht. Zu rustikal. Zu auffällig. Wir müssen uns was anderes ausdenken. Etwas wie eine Schuluniform, blau, kariert, mit Schürzchen, weißes

Stirnband, Schleifen. Auch der Salon muss umgestaltet werden. Raus mit den Sesseln und den Kanapees, auch mit dem Perserteppich. Ihr sollt alles so einrichten, wie in einem Arbeiterklub, die Mädchen sollen Schach spielen…

POESIE: Schach?

DURANGO: Der Inspektor!

AMTMANN: …ja, ja, Schach, sie sollen was lesen. Aber achtet darauf, was für Bücher ihr ihnen gebt. Sie sollen im Chor singen, sie sollen sich über Kochrezepte unterhalten. Verstanden? Ausführen! Sofort!

Die Amtsträger beginnen, die Möbelstücke auszutauschen. Kalliope und Gregor bringen die Schuluniformen. Die Mädchen widersetzen sich anfangs, protestieren. Der Amtmann treibt sie zur Eile, sich umzuziehen.

POESIE: Das ist die Höhe! Was stellt er sich vor? Will er sich über uns lustig machen? Was ist aus uns geworden?

AMTSTRÄGER: Aufhören! Sonst kriegst du vom Chef eins über die Rübe gezogen. Warum beschwerst du dich andauernd? Was gefällt dir nicht? Du hast hier alles, Unterkunft, Essen…

POESIE: Den Teufel habe ich. Denkst du, ich weiß nicht, weswegen dieser ganze Trubel ist? Wen glaubt ihr mit diesen blöden Kleidchen reinzulegen?

AMTSTRÄGER: Niemand hält dich mit Gewalt hier zurück. Wenn es dir nicht passt, geh weg, wohin du willst.

POESIE: Weg? Wohin soll ich gehen? Es gibt keinen Ort, wohin ich gehen könnte. Wer einmal hier gewesen ist, für den gibt es keinen anderen Platz mehr.

AMTSTRÄGER: Dann sei ruhig! Gekommen bist du freiwillig, niemand hat dich gezwungen zu kommen. Du wusstest ganz gut, wo du hinkommst.

POESIE: Ob ich es gewusst habe oder nicht… Wer hat mich aber hintergangen? Wer hat mir Gott und die ganze Welt versprochen? Wer hat mich verdorben? Denn einmal war auch ich eine Jungfrau, ich war…

AMTSTRÄGER: Vielleicht warst du es auch gar nicht. Eine gesittete Jungfrau wäre nicht hierhergekommen. Und nun mach, umziehen, sonst geht der Chef auf uns beide los.

Die Änderungen sind vollbracht. Die Mädchen-Schülerinnen nähen, spielen Schach und singen im Chor. Die Amtsträger, Kalliope und Gregor gehen hin und her, wissen nicht genau, was sie tun sollen.

GREGOR: Und nun, was tun?

KALLIOPE: Wir sind kleine Leute…

MALEREI: Nun gut, wie lange werden wir da stehen? Soll ich Schach spielen, bis ich verrückt werde? Ich kann es gar nicht. Und wenn es drauf ankommt, was mache ich dann? Was soll ich mit diesem Kinderkram? Was dann, was dann? Was soll, was soll ich tun… Ich kann kein Schach spielen, das ist es. Was soll ich tun?

AMTSTRÄGER: Chef, das Mädchen kann kein Schach spielen. Nun, …falls, …na ja …Was soll sie tun?

AMTMANN: Sie soll die Spielfiguren hin und her bewegen. Es wird doch niemand so genau hinschauen, was sie da tut. Und, bitte keine Debatten! Macht einfach das, was ich euch sage.

DURANGO: Der Inspektor! Es kommt der Inspektor!

GIGI: So, jetzt hat man mich in die Enge getrieben. Es fing an wie ein Scherz, doch nun bin ich gefangen und bedroht. Sieht es schlecht für mich aus? Noch nicht. Man kann auch hier Auswege finden. Eigentlich war ich darauf eingestellt. Es gibt zwei Möglichkeiten: Die erste, weiter so, voll im Risiko, mit einem neuen Theaterstück, um sie ganz verrückt zu machen. Oder nachgeben, das tun, was man von mir verlangt um aus dieser Enge zu entkommen. Eigentlich sollte ich zwischen diesen zwei Möglichkeiten wählen, doch kann ich meine Gedanken kaum zusammenhalten. Warum bin ich so betrübt, warum so unruhig? Ich müsste doch kühl abwägen, ich spiele schließlich mit meinem eigenen Schicksal. Bin ich in eine Falle geraten? Habe ich mich gegen meinen Willen in einem Spiel einfangen lassen? Der Traum von heute Nacht verfolgt mich, jene Erscheinung ist ständig bei mir …Was ist schon ein Traum? Was bedeutet er? Die Erinnerung ist wieder da, der ganze Traum. So hat es angefangen, ich habe das Mädchen gebeten, die meine zu sein. Ich wollte ihr alles bieten, sie um jeden Preis kaufen, dann fiel mir aber ein, dass ich nichts habe und nichts anbieten kann. Ja, ich hatte mir sogar gedacht, mir Geld zu borgen, es zu beschaffen, egal wie, egal wie viel. Und sie begann zu lachen, schlug sich mit den Händen auf die Knie, als hätte ich ihr etwas Lustiges erzählt. Ich spürte, wie mich Verzweiflung packte, ich begehrte sie wie ein Irrer und ihr Lachen hielt mir vor, dass ich bettelarm bin und sie nicht kaufen kann. Dann aber, ich weiß nicht wie es passieren konnte, vielleicht weil ich vor Begierde den Verstand verloren hatte, habe ich etwas getan… ich habe ihr meine Seele zum Tausch angeboten, ich wollte sie kaufen und mit meiner Seele bezahlen, obwohl ich bisher nie gedacht hätte, dass meine Seele einen Tauschwert hat. Was sie darauf geantwortet hat? Zuerst hat sie mich verärgert angesehen. Was soll der Blödsinn, hat sie mich kurz gefragt, deine Seele gehört sowieso mir. In dem Augenblick war ich ganz verloren…

DURANGO: Der Inspektor! Es kommt der Inspektor! Macht Platz!

GIGI: …und wusste nicht, was ich tun soll, wie ich es zurecht biegen kann, wie ich sie umstimmen könnte. Ich hatte sie verärgert, verstand aber nicht, womit genau. Die Art und Weise, wie sie mich angeschaut, wie sie zu mir gesprochen hatte… Ich nahm allen Mut zusammen und fragte, was mit ihr sei, mit ihr und dieser unendlichen Weite. Siehst du, sagte sie und machte eine weite Bewegung mit der Hand, siehst du, wie weit diese unendlichen Weiten sind, wie unendlich es ist? Wenn du genau hinschaust, wirst du erkennen, dass es ein Reich ist, ein Reich ohne Ränder, ein Reich von unendlicher Weite, ohne jedes Hindernis. So lange du auch hin und her laufen würdest, du würdest nur wogende Gräser und eine unendlich Weite, frei und fern, sehen. Haben sie dich nicht gefangen, fragte ich, von so einem Gedanken erschrocken, nicht gejagt, nicht versucht dich zu verderben? „Wer soll mich fangen?" antwortete sie erstaunt. Wir sind hier im Reich der unendlichen Weiten, hierher kann kein schlechter Gedanke gelangen. Wir sind alleine hier, nur wir beide und die Blicke jener, die Augen haben, uns zu verstehen. Ihre Worte waren mir unverständlich. In meiner Verrücktheit gab ich zu, dass ich nichts habe, womit ich sie kaufen könne, dass ich sie aber dermaßen begehre, dass ich sie anflehe, die meine zu sein. Dass ich sie bitte. Und wieder schaute sie mich verwundert an und antwortete: Was sagst du denn da? Ich bin ja die deine. Ich war immer schon dein und dein werde ich in alle Ewigkeit bleiben. Vor Aufregung hatte ich die Sprache verloren, ich wollte… aber dann war es sechs Uhr, der Wecker läutete, und alles war vorbei. Ist es auch wirklich vorbei? Und dieser Bock? Was bedeutet dieser Riesenbock?

AMTSTRÄGER: Welche Langweile! Wir stehen da herum und schauen uns gegenseitig dumm an. Wenn nichts geschieht, was dann? Wir sollten vielleicht was tun. Der da, der Dramatiker, hat er nichts mehr geschrieben? Vielleicht schauen wir uns noch mal ein Theaterstück an.

AMTMANN: Ein Theaterstück? Das ist eine Idee. So bekommen wir etwas Bewegung. Bringt den Dramatiker.

Die Amtsträger bringen den Dramatiker.

AMTMANN: Alles ist wunderbar.

GIGI: Alles ist gut

AMTMANN: Nun komm, beruhige dich! Ich habe dir verziehen. Ich lasse dich frei, du hast keine Verpflichtung mehr. Doch wenn du noch ein Theaterstück haben solltest, dann machen wir eine neue Aufführung. Bevorzugt wäre etwas Leichtes, etwas Heiteres, was uns entspannt. Du siehst, wir sind etwas gereizt, etwas angespannt. Meinetwegen auch ohne Arbeit und Liebe, einfach so, dass die Zeit vergeht. Nun, was sagst du?

GIGI: Ohne Arbeit? Ohne Liebe? Das geht gar nicht. So etwas geht überhaupt nicht. Ich habe ein neues Theaterstück, aber mit Arbeit und Liebe.

AMTMANN: Meinetwegen. Lass schauen.

GIGI: Es war sehr richtig, dass Sie mich getadelt haben. Ich hatte einen falschen Weg angeschlagen. Ich wollte alles lächerlich machen, ich wollte so tun, als ob mich alles nichts angehe, ich wollte lachen, ich wollte tanzen und ich wollte singen. Ich wollte mich nicht einfangen lassen. Nun, ich will nicht mehr um die Falle tänzeln, ich trete bewusst hinein. Ich werde hineinspringen, mit all meinen Kräften. Ich werde lachen, ich werde singen und ich werde tanzen und mit allen meinen Kräften hineinspringen. Dies soll mein Glauben sein.

AMTMANN: Ist schon gut, ich sagte doch, ich habe dir verziehen. Lasst uns lieber das Theaterstück sehen.

GIGI: Das Stück soll beginnen. Jetzt oder nie.

Einige Momente Ruhe. Die Schauspieler und die Zuschauer wimmeln ungeduldig herum.

TITI: Sei gegrüßt!!!

GINA: Hallo!!!

DAN: Guten Tag!!!

MARIA: Servus!!!

ANNA: Guten Morgen!!!

VICTOR: Grüße!!!

IOAN: Guten Abend!!!

NINA: Auf Wiedersehen!!!

ALLE ZUSAMMEN: Hallo!!!

AMTMANN: Was soll das?! Seid ihr im Irrenhaus?

IOAN: Sei gegrüßt!!!

MARIA: Guten Tag!!!

ALLE ZUSAMMEN: Servus!!!

AMTMANN: Aufhören! Stopp! Es ist ja nicht erlaubt, dass…

VICTOR: Hallo!!!

MARIA: Guten Tag!!!

ALLE ZUSAMMEN: Guten Tag!!!

AMTMANN: Aufhören! Aufhören!

Geschrei.

Fasst den Dramatiker! Fasst die Schauspieler! Na warte, diesmal bringe ich ihn zur Ruhe! Alle werde ich euch zur Ruhe bringen!

DIE PERSONEN: Hallo! Prosit! Guten Tag! Guten Abend! Guten Morgen! Hallo!

AMTMANN: Fasst sie! Es muss aufhören! Es muss gestoppt werden!

Es kommt zu einer Rangelei. Die Amtsträger dringen in die Gruppe der Schauspieler und bringen sie auseinander und versuchen sie zum Schweigen zu bringen. Man hört Stöhnen, Rufe, Schläge, fallende Möbel, einige der Personen rufen immer noch die Grüße. Das Licht nimmt ab, im Saal wird es stockfinster, der Lärm der Auseinandersetzung ist noch einige Momente wahrzunehmen. Als es wieder hell wird, befindet sich auf der Bühne ein gemalter Vorhang, der im vergrößerten Maßstab den Saal des Inspektors darstellt. Das entsprechende Mobiliar ist auch heruntergebracht worden. Der Inspektor sitzt am Tisch und schreibt.

Durango läuft auf der Bühne und durch den Saal, mit seiner Lanze und der Laterne und kündigt die Inspektion an. Ab und zu hört man im hinteren Teil der Bühne Schreie, die vermuten lassen, dass die Rauferei nicht zu Ende ist.

DURANGO: Der Inspektor! Es kommt der Inspektor! Platz da! Zur Seite! Senkt eure Köpfe! Unterwerft euch! Nichts bleibt verborgen! Alles wird untersucht und inspiziert! Keine Macht kann den Inspektor aufhalten, auch der Allmächtige nicht. Wenn wir Verderben finden, werden wir das Gesetz in die Tat umsetzen! Der Allmächtige hat die Tat zusammen mit ihrer Untersuchung geschaffen! Dies ist das Gesetz unseres Wesens! Die Stunde hat geschlagen!

INSPEKTOR: …auf Befehl seiner Hoheit, dem Allmächtigen, haben wir untersucht, was stattfindet.

Schreibt.

Also… wir haben inspii…iiziert, so, und wir haben untersuu… uucht. Gefunden haben wir unglaubliche Willkür und Schlechtigkeit. So. Bildung und Wissen sollten den menschlichen Geist erhellen, bessern. Doch wurde die Grausamkeit schlimmer. So habe ich beschlossen, meine Aufmerksamkeit auf die Jungfrauen zu lenken, welche, wie wir wissen… so, und so… Soweit ich festgestellt habe, wurden sie hauptsächlich das Ziel der Verfolgung.

Die, die erwischt, unterjocht und verdorben wurden. Diese interessieren uns nicht, da sie lediglich gefallene Frauen sind, so wie es sie zu allen Zeiten gegeben hat. Unsere richtigen Jungfrauen aber, die Du, oh Allmächtiger, in Deiner unendlichen

Macht und Gnade erschaffen hast, unsere Jungfrauen haben sich in alle Richtungen verstreut und versteckt. Sie sind allgegenwärtig und überall, in jedem Haus, an jeder Straßenecke.

Und wenn Du sie nicht zu Gesicht bekommst, heißt es nicht, dass es sie nicht mehr gibt. Ihr Versteck ist das Reich „Der unendlich weiten Felder", ein Reich von unendlicher Weite, ohne Grenzen und Hindernisse, welches wir allein mit den Augen des Verstandes erfassen können, doch nur solange wir noch die Kraft haben mit dem Verstand zu sehen. Dort, weit weg vom faulen Arm der Verderbnis, bleiben die Ehre und die Reinheit unserer Jungfrauen weiterhin Standarte für alle möglichen Versuche, die uns noch bleiben, so wie Du, Allmächtiger, beschlossen hast. Weil es Dich in unserer Vorstellung nicht mehr gibt, weil der Glaube an Dich erloschen ist und weil wir auf der Welt alleine geblieben sind, muss ich alleine entscheiden. Kraft dessen was Du mir in Auftrag gegeben hast, alleine, ohne Dich, werde ich das Gesetz nicht umsetzen und alles lassen so wie es ist. So werde es.